Das kleine Igel-Buch

Heitere Geschichten

benno

Bibliografische Information der Deutschen Nationalbibliothek
Die Deutsche Nationalbibliothek verzeichnet diese Publikation in der Deutschen Nationalbibliografie; detaillierte bibliografische Daten sind im Internet unter http://dnb.d-nb.de abrufbar.

Quellenverzeichnis
Bildnachweis: Cover, S. 2, 3, 5, 6, 7, 15, 16, 17, 25, 26, 27, 30, 31: © Afanasia/Shutterstock; S. 18, 21, 23: Gustav Süs; S. 28: © Mahin Khodayaridarviti

Textnachweis: Hans Lucke: Das Täubchen, das den Igel küssen wollte, aus: Hans Lucke, Das Täubchen, das den Igel küssen wollte, Illustrationen von Mahin Khodayaridarviti © 2020 Bertuch Verlag GmbH, Weimar

ISBN 978-3-7462-6607-7

Zusammenstellung: Volker Bauch, Gößnitz
Umschlaggestaltung: Karen Münch-Thornton, München
Gesamtherstellung: Arnold & Domnick, Leipzig (A)

Inhalt

Alfred Brehm

Der Igel

Wenn an den ersten warmen Abenden, welche der junge, lachende Frühling bringt, Alt und Jung hinausströmt, um sich in den während des Winters verwaisten und in neu erwachenden Gärten, Hainen und Wäldchen neue Lebensfrische zu holen, vernimmt der Aufmerksamere vielleicht ein eigentümliches Geräusch im trockenen, abgefallenen Laub, gewöhnlich unter den dichtesten Hecken und Gebüschen, wird auch, falls er hübsch ruhig bleiben will, bald den Urheber dieses Lärmens entdecken. Ein kleiner, kugelrunder Bursche, mit merkwürdig rauem Pelz, arbeitet sich aus dem Laube hervor, schnuppert und lauscht und beginnt sodann seine Wanderung mit gleichmäßig trippelnden Schritten. Kommt er näher, so bemerkt man ein sehr niedliches, spitzes Schnäuzchen, gleichsam eine nette Wiederholung des gröberen und derberen Schweinsrüssels vorstellend, ein Paar klare, freundlich blickende Äuglein und einen Stachelpanzer, welcher die ganzen oberen Teile des Leibes bedeckt, ja auch an den Seiten noch weit herabreicht. Das ist unser, oder ich will eher sagen mein lieber Gartenfreund, der Igel, ein zwar beschränkter, aber gemütlicher, ehrlicher, treuherziger Gesell, welcher harmlos in das Leben schaut und nicht begreifen zu können scheint, dass der Mensch so niederträchtig sein kann, ihn, welcher sich so hohe Verdienste um das Gesamtwohl erwirbt, nicht nur mit allerlei Schimpfnamen zu belegen, sondern auch nachdrücklich zu verfolgen, ja aus reiner Bubenmordlust sogar totzuschlagen. Man muss das Entsetzen gesehen haben, mit welchem eine Gesellschaft von Frauen aufspringt, wenn sich plötzlich der Stachelheld zwischen sie drängt oder auch nur von ferne zeigt. Sie tun gerade, als wäre dies ein Feind, welcher das Leben bedrohen oder ihnen wenigstens Verletzungen beibringen könnte, an denen sie jahrelang zu leiden hätten! Keine einzige der

Aufschreienden aber hat sich jemals die Mühe genommen, das Tier selbst zu beobachten. Hätte sie dies getan, so würde sie bemerkt haben, dass der scheinbar so mutig auf den Menschen zutrabende Held, sobald er sich von der Nähe des gefährlichen Feindes überzeugt hat, im höchsten Entsetzen einen Augenblick lang stutzt, die Stirne runzelt und plötzlich, Gesicht und Beine an den Leib ziehend, zu einer Kugel sich zusammenrollt und in dieser Stellung verharrt, bis die vermeintliche Gefahr vorüber ist. Der Harmlose ist froh, wenn er selbst nicht

behelligt wird und geht gern jedem größeren Tier, und zumal dem Menschen, aus dem Wege.
Der Igel (*Erinaceus europaeus*) ist ein drolliger Kauz und dabei ein guter, furchtsamer Gesell, welcher sich ehrlich und redlich, unter Mühe und Arbeit durchs Leben schlägt. Wenig zum Gesellschafter geeignet, findet er sich fast stets allein oder höchstens in Gemeinschaft mit seinem Weibchen. Unter den dichtesten Gebüschen, unter Reisighaufen oder in Hecken hat sich jeder einzeln sein Lager aufgeschlagen und möglichst bequem zurechtgemacht. Es ist ein großes Nest aus Blättern, Stroh und Heu, welches in einer Höhle oder unter dichtem Gezweige angelegt wird. Fehlt es an einer schon vorhandenen Höhle, so gräbt er sich mit vieler Arbeit eine eigne Wohnung und füttert diese aus. Sie reicht etwa 30 Zentimeter tief in die Erde und ist mit zwei Ausgängen versehen, von denen der eine in der Regel nach Mittag, der andere gegen Mitternacht gelegt ist. Allein diese Türen verändert er wie das Eichhorn, zumal bei heftigem Nord- oder Südwinde. In hohem Getreide gräbt er sich selten eine Höhle, sondern macht sich bloß ein großes

Nest. Die Wohnung des Weibchens ist fast immer nicht weit von der des Männchens, gewöhnlich in einem und demselben Garten. Es kommt wohl auch vor, dass beide Igel in der warmen Jahreszeit in ein Nest sich legen; ja zärtliche Igel vermögen es gar nicht, von ihrer Schönen sich zu trennen, und teilen regelmäßig das Lager mit ihr. Dabei spielen sie allerliebst miteinander, necken und jagen sich gegenseitig, kurz, kosen zusammen, wie Verliebte überhaupt zu tun pflegen. Wenn der Ort ganz sicher ist, sieht man die beiden Gatten wohl auch bei Tage ihre Liebesspiele und Scherze treiben, an halbwegs lauten Orten aber erscheinen sie bloß zur Nachtzeit. Man hört, wie ich oben andeutete, ein Geraschel im Laube und sieht den Igel plötzlich in schnurgerader Richtung weglaufen, trotz der schnell trippelnden Schritte langsam und ziemlich schwerfällig. Dabei schnuppert er mit der Nase wie ein Spürhund auf dem Boden und beriecht jeden Gegenstand, welchen er unterwegs trifft, sehr sorgfältig. Bei solchen Wanderungen trieft ihm beständig Speichel aus Mund und Nase, und man behauptet, dass er den Rückweg nach seiner Wohnung durch das Wittern dieser Flüssigkeit wieder auffinde. Ich glaube nicht daran, weil ich die große Ortskenntnis des Tieres oft bemerken konnte. Hört unser Stachelheld auf seinem Wege etwas Verdächtiges, so bleibt er stehen, lauscht und wittert, und man sieht dabei recht deutlich, dass der Sinn des Geruchs bei weitem der schärfste ist, zumal im Vergleich zum Gesicht. Nicht selten kommt es vor, dass ein Igel dem Jäger auf dem Anstande geradezu bis vor die Füße läuft, dann aber plötzlich stutzt, schnüffelt und nun eiligst Reißaus nimmt, falls er nicht vorzieht, sogleich seine Schutz- und Trutzwaffe zu gebrauchen, nämlich zur Kugel sich zusammenzuballen. Von der früheren Gestalt des Tieres bemerkt man sodann nichts mehr; es bildet jetzt vielmehr einen eiförmigen Klumpen, welcher an einer Seite eine Vertiefung zeigt, sonst aber ringsum ziemlich regelmäßig gerundet ist. Die Vertiefung führt nach dem Bauche zu, und in ihr liegen dicht an denselben gedrückt die Schnauze, die vier Beine und der kurze Stummelschwanz. Zwischen den Stacheln hindurch hat die Luft ungehinderten Zutritt, und somit wird es dem Igel leicht, selbst bei längerem Aushalten in seiner Stellung zu atmen. Diese Zusammenrollung verursacht ihm keine Anstrengung; denn Hautmuskeln, welche dieselbe bewirken, sind bei ihm in einer Weise ausgebildet wie bei keinem anderen Tier und wirken gemeinschaftlich mit solcher Kraft, dass ein an den Händen gehörig geschützter Mann kaum im Stande ist, den zusammengekugelten Igel gewaltsam aufzurollen. Einem solchen Unternehmen bieten nun auch die Stacheln empfindliche Hindernisse. Während bei der ruhigen Bewegung des Tieres das Stachelkleid hübsch glatt aussieht und die tausend Spitzen, im Ganzen dachziegelartig geordnet, glatt übereinander liegen, sträuben sie sich, sobald der Igel die Kugelform annimmt, nach allen Seiten hin und lassen ihn jetzt als eine furchtbare Stachelkugel erscheinen. Einem einigermaßen Geübten wird es gleichwohl nicht schwer, auch dann noch einen Igel in den Händen fortzutragen. Man setzt die Kugel in die Lage, welche das Tier beim Gehen einnehmen würde, streicht von vorn nach hinten leise die Stacheln zurück und wird nun nicht im mindesten von ihnen belästigt. Will man sich einen Spaß machen, so setzt man den Igel auf einen Gartentisch und sich still daneben, um das Aufrollen zu beobachten. Nicht leichter kann man eine größere Abwechslung in den Gesichtszügen wahrnehmen, als sie jetzt stattfindet. Obgleich der Geist natürlich sehr wenig mit diesen Veränderungen des Gesichtsausdrucks zu tun hat, sieht es doch so aus, als durchliefen das Igelgesicht in kürzester Zeit alle Ausdrücke von dem finstersten Unmut an bis zur größten Heiterkeit. Falls man sich ruhig verhält, denkt der zusammengerollte Igel nach geraumer Zeit daran, sich wieder auf den Weg zu machen. Ein eigentümliches Zucken des Felles verkündet den Anfang seiner Bewegung. Leise schiebt er den vorderen und hinteren Teil des Stachelpanzers auseinander, setzt die Füße vorsichtig auf den Boden und streckt sachte das Schweineschnäuzchen vor. Noch ist die Kopfhaut dick gefaltet, und finsterer Zorn scheint auf seiner niederen Stirne sich auszudrücken; selbst das so harmlose Auge liegt unter buschigen Brauen tief versteckt. Mehr und mehr glättet sich das Gesicht, weiter und weiter wird die Nase vorgeschoben, weiter und weiter der Panzer zurückgedrängt, endlich hat man auf einmal das gemütliche Gesicht in seiner gewöhnlichen, behäbigen oder harmlosen Ruhe vor sich, und in diesem Augenblicke beginnt auch der Igel seine Wanderung, gerade so, als ob es für ihn niemals eine Gefahr gegeben hätte.

Gebrüder Grimm

Der Hase und der Igel

Diese Geschichte ist eigentlich gelogen, Kinder, aber wahr ist sie doch, denn mein Großvater, von dem ich sie habe, pflegte immer, wenn er sie erzählte, zu sagen: »Wahr muss sie sein, mein Sohn, sonst könnte man sie ja nicht erzählen.« Die Geschichte aber hat sich so zugetragen.

Es war an einem Sonntagmorgen im Herbst, gerade als der Buchweizen blühte; die Sonne war am Himmel aufgegangen, und der Wind strich warm über die Stoppeln, die Lerchen sangen hoch in der Luft, und die Bienen summten im Buchweizen. Die Leute gingen in ihrem Sonntagsstaat zur Kirche, und alle Geschöpfe waren vergnügt, auch der Igel.

Er stand vor seiner Tür, hatte die Arme verschränkt, er guckte in den Morgenwind hinaus und trällerte ein kleines Liedchen vor sich hin, so gut und so schlecht, wie am Sonntagmorgen ein Igel eben zu singen pflegt. Während er nun so vor sich hinsang, fiel ihm plötzlich ein, er könnte doch, während seine Frau die Kinder wusch und ankleidete, ein bisschen im Feld spazieren gehen und nachsehen, wie die Steckrüben standen. Die Steckrüben waren ganz nah bei seinem Haus, und er pflegte sie mit

seiner Familie zu essen, darum sah er sie auch als die seinigen an.
Gedacht, getan. Er schloss die Haustür hinter sich und schlug den Weg zum Feld ein. Er war noch nicht sehr weit und wollte gerade um den Schlehenbusch herum, der vor dem Feld stand, als er den Hasen erblickte, der in ähnlichen Geschäften ausgegangen war, nämlich um seinen Kohl zu besehen. Als der Igel den Hasen sah, wünschte er ihm freundlich einen guten Morgen. Der Hase aber, der auf seine Weise ein vornehmer Herr war und grausam hochfahrend noch dazu, antwortete gar nicht auf des Igels Gruß, sondern sagte mit höhnischer Miene: »Wie kommt es, dass du hier schon so am frühen Morgen im Feld herumläufst?«
»Ich gehe spazieren«, sagte der Igel.
»Spazieren?«, lachte der Hase. »Du könntest deine Beine schon zu besseren Dingen gebrauchen.«
Diese Antwort verdross den Igel sehr. Alles kann er vertragen, aber auf seine Beine lässt er nichts kommen, gerade weil sie von Natur aus krumm sind.
»Du bildest dir wohl ein, du könntest mit deinen Beinen mehr ausrichten?«, sagte er.

»Das will ich meinen«, sagte der Hase.

»Nun, das kommt auf einen Versuch an«, meinte der Igel. »Ich wette, wenn wir um die Wette laufen, ich lauf schneller als du.«

»Du – mit deinen krummen Beinen?«, sagte der Hase. »Das ist ja zum Lachen. Aber wenn du so große Lust hast – was gilt die Wette?«

»Einen Golddukaten und eine Flasche Branntwein«, sagte der Igel.

»Angenommen«, sagte der Hase, »schlag ein, und dann kann es gleich losgehen.«

»Nein, so große Eile hat es nicht«, meinte der Igel, »ich hab' noch gar nichts gegessen; erst will ich nach Hause gehen und ein bisschen was frühstücken. In einer Stunde bin ich wieder hier.«

Damit ging er, und der Hase war es zufrieden. Unterwegs aber dachte der Igel bei sich: »Der Hase verlässt sich auf seine langen Beine, aber ich will ihn schon kriegen. Er ist zwar ein vornehmer Herr, aber doch ein dummer Kerl, und das soll er bezahlen.«

Als er nun nach Hause kam, sagte er zu seiner Frau: »Frau, zieh dich rasch an, du musst mit mir ins Feld hinaus.«

»Was gibt es denn?«, fragte die Frau.

»Ich habe mit dem Hasen um einen Golddukaten und eine Flasche Branntwein gewettet, dass ich mit ihm um die Wette laufen will. Und da sollst du dabei sein.«

»O mein Gott, Mann«, begann die Frau loszuschreien, »hast du denn ganz den Verstand verloren? Wie willst du mit dem Hasen um die Wette laufen?«

»Halt das Maul, Weib«, sagte der Igel, »das ist meine Sache. Misch dich nicht in Männergeschäfte! Marsch, zieh dich an und komm mit!« Was sollte also die Frau des Igels tun? Sie musste gehorchen, ob sie wollte oder nicht.

Als sie miteinander unterwegs waren, sprach der Igel zu seiner Frau: »Nun pass auf, was ich dir sage. Dort auf dem langen Acker will ich unseren Wettlauf machen. Der Hase läuft in einer Furche, und ich in der anderen, und dort oben fangen wir an. Du hast nun weiter nichts zu tun, als dass du dich hier unten in die Furche stellst, und wenn der Hase in seiner Furche daherkommt, so rufst du ihm entgegen: »Ich bin schon da!«

So kamen sie zu dem Acker, der Igel wies seiner Frau ihren Platz an und ging den Acker hinauf. Als er oben ankam, war der Hase schon da. »Kann es losgehen?«, fragte er.

»Jawohl«, erwiderte der Igel.

»Dann nur zu.« Damit stellte sich jeder in seine Furche. Der Hase zählte: »Eins, zwei, drei«, und los ging er wie ein Sturmwind den Acker hinunter. Der Igel aber lief nur etwa drei Schritte, dann duckte er sich in die Furche hinein und blieb ruhig sitzen. Und als der Hase im vollen Lauf am Ziel unten am Acker ankam, rief ihm die Frau des Igels entgegen: »Ich bin schon da!«

Der Hase war nicht wenig erstaunt, glaubte er doch nichts anderes, als dass er den Igel selbst vor sich hatte. Bekanntlich sieht die Frau Igel genauso aus

wie ihr Mann. »Das geht nicht mit rechten Dingen zu«, rief er. »Noch einmal gelaufen, in die andere Richtung!« Und fort ging es wieder wie der Sturmwind, dass ihm die Ohren am Kopf flogen. Die Frau des Igels aber blieb ruhig an ihrem Platz sitzen, und als der Hase oben ankam, rief ihm der Herr Igel entgegen: »Ich bin schon da!«

Der Hase war ganz außer sich vor Ärger und schrie: »Noch einmal gelaufen, noch einmal herum!«

»Meinetwegen«, gab der Igel zurück. »Sooft du Lust hast.«

So lief der Hase dreiundsiebzigmal, und der Igel hielt immer mit. Und jedes Mal, wenn der Hase oben oder unten am Ziel ankam, sagte der Igel oder seine Frau: »Ich bin schon da.«

Beim vierundsiebzigsten Male aber kam der Hase nicht mehr ans Ziel. Mitten auf dem Acker fiel er zu Boden, das Blut floss ihm aus der Nase, und er blieb tot liegen. Der Igel aber nahm seinen gewonnenen Golddukaten und die Flasche Branntwein, rief seine Frau von ihrem Platz am Ende der Furche, und vergnügt gingen beide nach Hause. Und wenn sie nicht gestorben sind, leben sie heute noch.

So geschah es, dass auf der Buxtehuder Heide der Igel den Hasen zu Tode gelaufen hatte, und seit jener Zeit hat kein Hase mehr gewagt, mit dem Buxtehuder Igel um die Wette zu laufen.

Die Lehre aus dieser Geschichte aber ist erstens, dass sich keiner, und wenn er sich auch noch so vornehm dünkt, einfallen lassen soll, sich über einen kleinen Mann lustig zu machen, und wäre es auch nur ein Igel. Und zweitens, dass es gut ist, wenn einer heiratet, dass er sich eine Frau von seinem Stand nimmt, die geradeso aussieht wie er. Wer also ein Igel ist, der muss darauf sehen, dass auch seine Frau ein Igel ist.

Wilhelm Busch

Bewaffneter Friede

Ganz unverhofft, an einem Hügel,
Sind sich begegnet Fuchs und Igel.
»Halt«, rief der Fuchs, »du Bösewicht!
Kennst du des Königs Order nicht?
Ist nicht der Friede längst verkündigt,
Und weißt du nicht, dass jeder sündigt,
Der immer noch gerüstet geht? –
Im Namen Seiner Majestät,
Geh her und übergib dein Fell!«

Der Igel sprach: »Nur nicht so schnell!
Lass dir erst deine Zähne brechen,
Dann wollen wir uns weitersprechen.«
Und alsogleich macht er sich rund,
Schließt seinen dichten Stachelbund
Und trotzt getrost der ganzen Welt,
Bewaffnet, doch als Friedensheld.

Hans Lucke

Das Täubchen, das den Igel küssen wollte

Sie lagen in der warmen Sonne auf der kleinen Terrasse hinter der alten Kate. Kein Lärm ringsum, keine Belästigung durch Menschen, wunderbare Ruhe. Der Igel sah blinzelnd, wie eine schwarze Katze herumstrich, die aber wieder verschwand. Das Täubchen räkelte sich in der angenehmen Wärme, die durch ein ganz sachtes Lüftchen gemildert wurde. Sie schwatzten ein wenig. Der Igel schwärmte von einem Kuss, den er einmal von einem Meerschweinchen bekommen hatte. Das Täubchen erinnerte sich, wie sie einmal unbemerkt gesehen hatte, dass der Igel und das Meerschweinchen sich vorsichtig küssten. Sie sagte jedoch nichts und schaute den Igel nur mit schwärmerischem Blick an. Plötzlich erblickte der Igel die Katze, wie sie um die Taube herumschlich, die es nicht merkte. Da rollte sich der Igel kurzerhand zusammen und kullerte auf die Katze los. Die lief erschrocken weg. Das Täubchen war inzwischen aus seiner Träumerei erwacht und hatte die Rettung durch den kleinen Stachelmann bemerkt. Sie spürte den Wunsch, sich mit einem Kuss zu bedanken. Aber mit diesem spitzen Schnabel?

Ein Seufzer entrang sich ihr. Den vernahm das Eichhörnchen und fragte nach den Sorgen. Das Täubchen verriet ihm den Grund. Das Kerlchen mit dem Puschelschwanz meinte, da müsse man die Eule um Rat fragen. Aber wo war die? Das Eichhörnchen erbot sich, den Weg zur Eule zu zeigen, und hopste von Baum zu Baum. Die Taube flatterte ihm nach. Auf dem Ast einer Eiche sitzend gewahrten sie die Eule. Das Täubchen trug seine Kümmernis vor. Die Eule riet, zum alten Hotzenplotz zu gehen, der habe schon vielen geholfen. Aber wo war der zu finden?

Die Eule erbot sich, den Weg zu zeigen, und flog los. Das Täubchen folgte ihr und sie kamen an einen kleinen Teich, wo der Hotzenplotz im Schatten eines Strauches lag. Er hörte sich die Sorgen der Taube an und griff zu einer kleinen Dose. Aus dieser kratzte er etwas Salbe. Die rieb er auf den Schnabel des Täubchens. Und dieser wurde ganz weich. So wurde ein Kuss möglich. Der Magier sagte: »Du müsst dich beeilen, die Salbe wirkt nur bis Sonnenuntergang!« So musste das Täubchen schnell zurück flattern. Dabei sah es immer nach der Sonne, die sich schon dem Horizont näherte. Die Muskeln begannen zu schmerzen, aber die Flügel wurden tapfer weiter bewegt. Gerade als die Sonne am Rande der Erde ankam, erreichte das Täubchen mit letzter Kraft atemlos den Stachelmann. Der guckte erstaunt auf den Schnabel, der fast wie ein Mund aussah. Und da kam auch schon der Kuss, warm und weich. Der Igel seufzte gerührt und gab den Kuss zärtlich zurück. Gerade noch rechtzeitig. Als die Sonne am Horizont verschwand, war der Täubchenschnabel wieder wie eh und je. Aber glücklich waren nun beide.